A SALA DOS PROFESSORES

CB037368

A SALA DOS PROFESSORES

CARLA DULFANO

ilustrações de HARE LANZ
tradução de FLÁVIA CÔRTES

© EDITORA DO BRASIL S.A., 2015
TODOS OS DIREITOS RESERVADOS
Texto © CARLA DULFANO
Ilustrações © HARE LANZ
Título original: LA SALA DE PROFESORES

Direção-geral: VICENTE TORTAMANO AVANSO

Direção adjunta: MARIA LUCIA KERR CAVALCANTE DE QUEIROZ

Direção editorial: CIBELE MENDES CURTO SANTOS
Gerência editorial: FELIPE RAMOS POLETTI
Supervisão de arte e editoração: ADELAIDE CAROLINA CERUTTI
Supervisão de controle de processos editoriais: MARTA DIAS PORTERO
Supervisão de direitos autorais: MARILISA BERTOLONE MENDES
Supervisão de revisão: DORA HELENA FERES

Coordenação editorial: GILSANDRO VIEIRA SALES
Assistência editorial: PAULO FUZINELLI
Auxílio editorial: ALINE SÁ MARTINS
Coordenação de arte: MARIA APARECIDA ALVES
Produção de arte: OBÁ EDITORIAL
   Edição: MAYARA MENEZES DO MOINHO
   Projeto gráfico: CAROL OHASHI
   Editoração eletrônica: RICARDO PASCHOALATO
Coordenação de revisão: OTACILIO PALARETI
Revisão: ANDRÉIA ANDRADE
Coordenação de produção CPE: LEILA P. JUNGSTEDT
Controle de processos editoriais: BRUNA ALVES, CARLOS NUNES E RAFAEL MACHADO

Dados Internacionais de Catalogação na Publicação (CIP)
(Câmara Brasileira do Livro, SP, Brasil)

Dulfano, Carla
   A sala dos professores / Carla Dulfano; ilustrações de Hare Lanz ; tradução Flávia Côrtes. – São Paulo: Editora do Brasil, 2015.
  – (Série todaprosa)

      Título original: La sala de profesores
      ISBN 978-85-10-05992-3

1. Família 2. Fantasia 3. Literatura juvenil I. Lanz, Hare. II. Título. III. Série.

15-05657   CDD-028.5

Índice para catálogo sistemático:
1. Literatura juvenil   028.5

1ª edição / 4ª impressão, 2022
Impresso na A.R. Fernandez

Rua Conselheiro Nébias, 887
São Paulo, SP – CEP: 01203-001
Fone: +55 11 3226-0211
www.editoradobrasil.com.br

**DEDICO ESTE LIVRO A
FABIAN, DENISE E DANIELA.**

ACENDA A LUZ. — MAS, VOVÓ, É DIA. — NÃO PARA MIM. ACENDO O ABAJUR DA MESINHA DE CABECEIRA. A CIDADE AMANHECE LENTAMENTE. VOU LEVAR O COPO, VÓ

– ACENDA A LUZ.

– Mas, vovó, é dia.

– Não para mim.

Acendo o abajur da mesinha de cabeceira. A cidade amanhece lentamente.

– Vou levar o copo, vó, porque já está meio vazio – murmuro, quase sem pronunciar as vogais.

– Não, está meio cheio – ela diz, fechando os olhos.

– Vovó, por que me faz acender a luz, se vai dormir?

– É que tenho medo, Pablito.

– De quê?

– Vai, vai, querido... Você não tem nada para fazer?

Faz tempo que vovó Fortunata está doente. Já nem me lembro de como ela era antes de adoecer.

Dos meus 12 anos, só guardo na memória os livros que li e umas poucas histórias engraçadas; algumas do tempo do colégio, como o dia no qual o vaso em que fazíamos uma germinação caiu no pé da professora.

– Seu desajeitado! – ela gritou. – O que estava fazendo com essa porcaria de planta?

– Estava estudando. Não plantamos para isso?

– Não! Estava na secretaria para que a diretora visse. O programa de Ciências Naturais exige isso.

– Um programa? Em qual canal? Eu vou assistir, porque eu...

– Chega! Silêncio!

– Eu gosto de Ciências. Quero ser engenheiro – eu disse, na enfermaria, enquanto segurava o álcool para que o pé dela fosse enfaixado.

Meu pai era engenheiro.

– Não podia ter tido mais cuidado? Eu te daria uma nota ruim no caderno, mas... Para quê? Quem iria ver?

– Algum amigo...

– Saia, por favor... E não leve o álcool, que droga!

Normalmente, quando alguém me provoca, presto atenção por uns trinta e cinco segundos. Depois penso na banca de revistas, calculo a inclinação exata que deveria ter um revisteiro em relação ao solo para que as revistas sejam vistas, mas que não caiam.

Talvez eu me distraia com isso porque Saul, o jornaleiro, me trata bem. Ele recebe a pensão da minha avó e a entrega lá em casa todos os meses. Ele gostava muito do meu pai. Se conheceram quando eram crianças.

As memórias são sempre um pouco inventadas. Por isso confio mais nas fotos. No meu quarto tenho um porta-retrato azul. Com uma foto de minha mãe, seu marido e o bebê. Nunca me lembro do nome do neném. Também não me esforço, porque não quero ocupar minha memória com coisas que não me interessam. Me tomam espaço que serviria para uma informação útil.

Eles foram viver no Sul, e eu os visito no Natal. Roberto, o marido da minha mãe, monta a árvore e sempre sorri de um jeito forçado. O momento em que entrega meu presente é quando mais lhe custa manter os cantos dos lábios esticados. Por isso demoro muito a desembrulhar, para que ele precise ficar com aquela boca de palhaço pelo maior tempo possível.

No último Natal ele se deu conta de que eu demorava de propósito e me arrancou o pacote da mão. Rasgou a embalagem com raiva, como um cachorro que arranca uma cortina com a boca. Só que ele não usa a boca, mas as mãos, compridas e finas como tentáculos.

Minha mãe olha para ele e não diz nada. Acho que ela tem medo dele. Pobre bebê, ao menos eu só fico ali alguns dias. Eles vivem com esse homem o ano todo. Apesar de ele tratar o bebê melhor do que a mim, que não sou filho dele.

Quando os visito, ele coloca minhas fotos em uma prateleira. Mas teve um Natal em que voltei para buscar minha mochila, depois de ter me despedido. O peguei guardando minhas fotos em uma caixa. Ele podia ter esperado até o dia seguinte para tirá-las. Que burro. Nem sequer sabe mentir. Se ele fingisse interesse, eu me sentiria mais feliz, porque, no final das contas, as coisas são o que acreditamos que são.

Mas ele não sabe fingir, apesar de fazer aulas de teatro. Há pouco tempo tive de ir assisti-lo com minha mãe. Acordei o bebê para que chorasse, na hora exata em que Roberto diria uma fala. Do palco, ele olhou para nós e se esqueceu da fala. E ele só teria que dizer: "O jantar está pronto".

Senti pena e gritei para ele da minha cadeira: "O jantar está pronto!"

As pessoas começaram a rir e ele me olhou como quando desembrulha meus presentes. Minha mãe

também riu, mas discretamente. Ela é diferente. Sorri para mim e faz carinho, ainda que esteja sempre distraída. Às vezes conto algumas coisas para ela; mas quando me pergunta pela quarta vez o nome da minha professora, me dou conta de que não estava escutando e me calo.

AO LADO DO MEU PORTA-RETRATO

azul tem um vermelho. Ali estamos eu e meu pai, com uma vara de pescar. Por isso sei que já o abracei alguma vez. Meu pai morreu há muito tempo. Uma vez, minha vó me disse:

— Se não tivesse morrido, o infeliz do seu pai nos teria deixado arruinados. Jogava todas as noites em um cassino.

— Mas, vovó, eu também jogo.

— Ele apostava todo o nosso dinheiro. Por acaso você é um apostador?

— Não sei... Ontem apostei uma figurinha e perdi.

— Então você é igual a seu pai, que desastre. Perdoe--me, meu filho, se estiver nos vendo aí do céu — ela solu-çou, olhando para a janela.

– Mas, vovó, como é que ele pode estar no céu? Ele cairia com a força da gravidade.

– Pode ser, do jeito que aquele guloso comia...

– Olha, vovó, parece que vai chover.

– É aquele infeliz, que está urinando em cima da gente.

– Vovó! Ele era seu filho, e meu pai...

– Sim, você tem razão, Pablito. Acontece que, se tivéssemos esse dinheiro, poderíamos comprar mais remédios. Se me acontecesse alguma coisa, para onde você iria?

– Acho que para a casa da mamãe.

– Aquela bruxa? No dia seguinte ao enterro do seu pai, ela já estava com outro. Com certeza já vinha "cozinhando" essa história há algum tempo.

– Pode ser, porque no velório foi servido bolo.

– Está bem, querido. Que Deus te conserve nesse mundo ideal onde vives – ela diz, batendo em minhas costas e indo para o quarto.

De que mundo ideal ela está falando?, pensei. Na escola, todo mundo seca as mãos no meu casaco. Às vezes batiam nozes em minha cabeça para quebrar a casca. Mas não fazem mais isso. A professora explicou a eles que é melhor abrir nozes em algo mais duro. E a última vez que me convidaram para uma festa de aniversário foi no Jardim de Infância.

De que mundo ideal ela está falando?

VOVÓ ESTÁ CADA VEZ PIOR.

Ouvi ela dizer, baixinho:

– Telefone para o plano de saúde dos aposentados e veja se podem me dar um remédio.

Procurei no livrinho. Telefonei. Uma mulher me atendeu:

– Você ligou para o Centro de Saúde Estadual para Aposentados.

– Eu gostaria de fazer uma pergunta...

– Se deseja pedir um medicamento, digite 1; se deseja encontrar um geriatra, digite 2; se deseja fazer um plano de aposentadoria, digite 3; se deseja fazer uma doação para esta entidade, aguarde e será atendido pessoalmente.

Pressiono a tecla 1. Me atende outra mulher.

– Se deseja um antibiótico, digite 1.

– Mas eu já digitei o 1! – eu grito.

– Se deseja um medicamento que atue sobre o sistema gástrico, digite 2; se não sabe nada sobre medicamentos, venha pessoalmente de segunda a sexta, das 3 às 6 da manhã, para falar com o supervisor. Obrigada por ter entrado em contato conosco. Clic.

– Não sei de que tipo preciso! – grito, jogando o telefone no chão.

A única forma de falar com alguém que não seja uma secretária eletrônica é me passando por doador.

Telefono novamente.

A mesma voz gravada me atende. Deixo passar todas as opções e aguardo para ser atendido pessoalmente.

Toca uma música horrível de caixinha de música, e a seguir um homem me atende.

– Em que posso ajudar? – ele pergunta.

– Quero fazer uma doação – imito voz de adulto.

– Em cheque ou dinheiro?

– O que quero doar é... é... a chance de que ajudem minha avó.

– Mas que brincadeira é...

– Espere, não desligue! Minha avó precisa de um remédio – digo, com minha voz verdadeira.

– Preciso falar com alguém mais velho.

– Minha avó é mais velha que eu, mas está doente...

– Fale com ela.

– O problema é esse, ela não pode falar porque está...

– Então aperte o 1.

– Mas eu não sei qual é o tipo de remédio, se é antibió...

– Clic.

O homem termina a ligação. Jogo o telefone no chão novamente.

Minha avó acorda com o barulho e me pergunta:

– Eles te atenderam?

– Sim, sim. Já vamos conseguir – respondo. Não quero que ela fique triste. Em alguns segundos ela deve dormir de novo e esquece. Ligo a televisão, assim me esqueço também.

SEGUNDA-FEIRA. TENHO QUE IR

para a escola. Não consigo me mexer. Fui deitar muito tarde ontem. Passei a noite acordado: calculando a distância que minha cama precisaria ficar da janela para que chovesse sobre minha cabeça. Assim, eu pouparia três minutos pela manhã e não precisaria lavar o cabelo.

Detesto acordar tão cedo, com o som do despertador se misturando aos meus sonhos. Se estou sonhando com um hambúrguer, acabo comendo uma das sinetas do despertador. Se estou prestes a beijar a Milena (a menina mais linda do mundo), sua boca se transforma na buzina de uma bicicleta. O despertador estraga tudo. Às vezes também tenho pesadelos, mas prefiro isso a acordar.

Talvez não seja eu que me levante, e sim uma força desconhecida que se apodera do meu corpo e o movimenta, enquanto minha alma está em outro lugar. Algo me faz caminhar até o banheiro, me vestir e dar bom dia à minha avó. Eu poderia não cumprimentá-la, ela nem notaria. Isso me adiantaria trinta e cinco segundos, mas não posso mudar a rotina, porque é tudo o que me resta.

Caminho três quadras até a escola, meus pés parecem andar sozinhos. Nem sequer os sinto. Não são meus, me transportam como uma escada rolante. Não sou eu que decido ir. Eu não decido nada. É a calçada que me leva, como se o chão se movesse. Esse ser estranho que se apodera de mim para no sinal vermelho. Por alguma razão, quer que eu viva. E para sobreviver é preciso se parecer com as outras pessoas. É preciso imitar cuidadosamente o comportamento das pessoas.

Essa "coisa" me faz esticar os lábios quando sorrio para Saul, o jornaleiro. Essa inércia me leva a falar com as pessoas como se eu fosse o boneco de um ventríloquo, para responder: "Não, obrigado" ou "Desculpe".

E, finalmente, a cópia está feita, embora nunca deixe de ser uma péssima imitação.

CHEGO À ESCOLA. VEJO MARCOS

diante da porta, com todas as meninas à sua volta, inclusive Milena. Ele não precisa fazer nenhum esforço para ter amigos. A qualquer lugar que vá, as pessoas se aproximam. Ele tem um vocabulário de vinte palavras, mas parece que não faz diferença para ele ser aceito. Por ser o melhor jogador de futebol da escola, porque as meninas gostam da mecha loira em sua franja, e porque está por dentro do último CD que toca nas rádios. Ou talvez não seja nada disso e ele simplesmente tenha um poder mágico que o torna atraente. Nasceu assim. Como algumas pessoas, que nascem com um sinal na testa e outras que nascem com o cabelo cacheado.

A diretora me faz sinal com o queixo.

Por que eu? Agora, infelizmente, deixarei de ser invisível por um tempo.

Me aproximo e começo a hastear a bandeira. Ela sussurra para mim:

— Hoje vamos hastear a meio mastro porque o Ministro da Saúde faleceu.

— Coitado, então ele também não sabia qual tecla apertar no telefone.

— Do que você está falando?

— Para receber um remédio, o doente precisa saber que números digitar, sem isso não lhe entregam.

— O Ministro Caputini não necessitava que lhe dessem nenhum remédio, ele podia comprá-los sozinho.

Caputini, Caputini. Por que me soa tão familiar? De repente me lembro de ter escutado esse nome ontem à noite, na televisão. Diziam que roubou o dinheiro que as pessoas pagam ao Estado, os impostos. Com esse dinheiro se poderia comprar 7.432 remédios do tipo que minha avó precisa. Ontem à noite fiz esta conta também.

Então é por isso que temos de hastear a bandeira a meio mastro: porque o homem não merece que ela fique lá em cima.

Minha avó sim merecia, porque cuida de mim há muito tempo.

Entro na sala. Me sento em minha carteira e espero o tempo passar.

Não sou bom no futebol, por isso ninguém me dirige a palavra no recreio. Permaneço na sala, inventando equações para resolver. Ninguém me incomoda em minha solidão. Entre as pessoas e eu há um acordo de paz, ao menos durante o recreio.

A professora não deixa que ninguém fique na sala de aula, mas permite que eu fique porque não está nem aí para mim: pode-se até dizer que não me vê.

Mas hoje, no recreio, aconteceu algo diferente. A diretora necessita falar com a professora e me pede que vá chamá-la na sala dos professores. Eu nem sei onde fica isso. Sempre imaginei que era como um esconderijo, porque os professores também não querem ser incomodados no recreio.

Saio da sala. Passo pelo pátio onde meus colegas jogam futebol. Tento ser o mais invisível possível. Mas lamentavelmente ocupo um lugar no espaço, sou um corpo se desviando de outros corpos e tenho de passar pela cadeira que meus colegas utilizam como trave.

Justo nesse momento a bola vem em minha direção. Meu corpo impede que o gol se faça. As duas equipes me rodeiam e estão prestes a me dar uma surra, mas o subdiretor aparece e as feras voltam às suas posições.

Sigo meu caminho. Passo por um corredor. Onde está a sala dos professores?

DE REPENTE VEJO DUAS PORTAS.

Cada uma tem uma placa que diz "Sala dos Professores". Isso é muito estranho. Nunca ouvi falar de uma escola que tivesse duas salas de professores. A não ser que os professores estejam brigados, e fique um grupo em cada sala.

Embora os professores nunca briguem, apenas falem pelas costas uns dos outros, como no dia em que a professora de Francês soube que a de Matemática a chamava de "Antártida: todos sabem onde está, mas ninguém a visita". Toda a escola soube dessa ofensa e a diretora precisou intervir.

Volto a olhar para as duas portas. Qual deveria abrir? Escolho a mais velha. Está rachada e com lascas soltas na madeira. Em uma lasca há restos quase imperceptíveis de lã vermelha.

Abro a porta. Está muito escuro. Que estranho. Será que os professores estarão tirando um cochilo? Para quê, se dormem enquanto copiamos a tarefa do quadro negro? Talvez necessitem de dois cochilos.

Uma lufada de vento entra comigo e bate a porta. Quero abri-la, mas está emperrada.

– Tem alguém aí? – pergunto.

Ninguém responde.

Caminho para ver se encontro uma janela por onde sair. Aos poucos percebo um pouco de luz. O cômodo se torna mais claro, até que vejo uma porta entreaberta. Saio e estou de volta ao corredor. Não é possível... Se acabo de vir dali...

Certamente o cômodo tem duas entradas. No entanto, eu não caminhei em sentido contrário. Como pode ser? Olho para trás e a porta que acabo de passar tem mesmo uma placa, onde está escrito: "Sala dos Professores".

Caminho e chego à quadra de futebol. Terei de explicar para a diretora que os professores não estão na sala dos professores, embora eu não tenha verificado se estavam na outra sala... Por que ela não me disse que havia duas?

Tento passar despercebido pelo canto. Mas Marcos me chama.

Como pode ser? Ele nunca soube meu nome.

– Venha, Pablo, assim ganhamos logo a partida.

– Eu? – pergunto, e olho para trás, pensando que ele fala com outra pessoa.

– Esta noite vamos comemorar a vitória na casa da Milena.

– Milena? Mas eu não fui convidado para o aniversário dela. Além disso, tenho que cuidar da minha avó.

Milena se aproxima e me diz:

– Você vai, não vai? É hoje à noite. Não chegue tarde – ela sussurra e passa a mão em minha gravata.

Estão me fazendo de bobo. A bola certamente está com cola e vai grudar no meu sapato, mas prefiro entrar na brincadeira. Não queria entrar em outra briga.

Me aproximo da bola. Fecho os olhos e chuto. Seja lá o que Deus quiser.

– Goooooool! – gritam todos.

Miro a trave e no instante seguinte a bola está lá, entre as duas cadeiras!

Todos me carregam nos ombros. Calculo quanto esforço cada um deve estar fazendo para conseguir me carregar. Uma voz interrompe meus cálculos matemáticos.

– Pablo – chama a professora –, sua avó veio te buscar, você tem dentista hoje.

– O quê?

– Ah, Pablito – ela diz, e meus colegas me soltam. – Você esqueceu – e acaricia os meus cabelos.

– Mas minha avó está doente, não pode andar – explico, enquanto caminho até a porta.

Minha avó corre para me abraçar.

– Vamos, Pablito, senão chegaremos tarde.

– Mas, vovó... Como conseguiu levantar? O médico te disse que...

– Faz três semanas que não vejo o médico, já me deu alta. Esqueceu?

– Mas, ainda hoje de manhã...

– Sim, senti o seu beijo. Pensa que não percebo? Seu pai me beija igual.

– Beijava, você quer dizer.

Meu pai chega e nos interrompe:

– Pablo! Vamos logo, que sua mãe está nos esperando no carro.

– Papai! – eu o abraço chorando. – Achei que estivesse...

– O que houve? – ele pergunta e põe a mão na minha testa para ver se tenho febre.

– Mamãe está com... com Roberto? Você já... já sabe?

– Que Roberto? Acho que você deve estar com febre.

Só posso estar sonhando. Isso não pode estar acontecendo de verdade. Entro no carro com medo de acordar. Caminho lentamente, como se não tivesse peso nenhum. Seguimos para o dentista.

Recosto na poltrona e fecho os olhos. Aperto as pálpebras com força. Aguardo o alicate destrutor de dentes.

– O que há com você? – pergunta o dentista.

– Estou esperando a tortura do alicate.

– Não preciso de nenhum alicate. Seu plano de saúde cobre a obturação do dente.

– Sério? Você sempre me diz que essa massa é importada e que uma pincelada custa mais de três meses de pensão da minha avó.

– Está se sentindo bem? Eu nunca diria isso. O Ministério da Saúde compra massa "cobre-cáries" suficiente para todas as crianças do país.

O dentista pinta minhas cáries com um pincel cheio de massa branca. Já estou curado!

– Vamos ao cinema – minha mãe sugere.

– Ao cinema? É muito caro... Ah! Já sei, papai ganhou dinheiro no cassino.

– Nãããão. Que ideia é essa?

– Mas papai não aposta todas as noites?

– Não, nós trabalhamos para te dar as coisas.

Eu sei que estou sonhando, mas não me importo. Aceito o sonho da mesma forma que aceitei a brincadeira dos meus colegas antes.

Papai compra pipoca.

À noite me levam até a casa de Milena. Ela sai para me receber, mais bonita do que nunca, com um vestido tão leve que quase não toca sua pele.

Marcos faz um brinde:

– Por Pablo, que nos fez ganhar do $9^{\underline{o}}$ ano.

Música. Dança. Diversão.

Mais tarde meu pai vem me buscar.

Chegamos em casa e ela está decorada de outra maneira. O quarto da minha avó agora tem uma cama de casal e no meu quarto há duas camas. Em uma durmo eu e na outra minha avó. Os lençóis têm cheiro de limpeza.

Não entendo o que está acontecendo, mas durmo feliz, talvez esteja sonhando dentro do meu sonho. Na melhor das hipóteses, aquele mundo confuso onde eu vivia era parte da minha imaginação e o verdadeiro é este. Talvez o do sonho fosse o outro, o com a minha avó doente e minha solidão insuportável. Quem sabe...

O DESPERTADOR TOCA MUITO

alto. De olhos fechados, sussurro:

– Vovó, já são 7 horas?

Mas ninguém me responde.

Abro os olhos. Estou sozinho. Sem dúvida alguma, o dia de ontem foi um sonho. Corro até o quarto dos meus pais. Minha avó dorme e ronca de uma maneira muito esquisita, levando muito tempo entre uma respiração e outra.

– Onde estão mamãe e papai? – pergunto.

Ela abre um olho e me pergunta:

– Do que está falando? Está delirando, querido? Seus pais não estão aqui...

Vejo o copo meio vazio e o pego.

– Deixe aí, querido, que está quase cheio.

A palavra "querido" chega ao meu cérebro muito depois de ser pronunciada, quando já estou escovando os dentes.

Volto a seu quarto e, pela primeira vez, sinto que essa força desconhecida que me faz levantar, que sabe o caminho do banheiro e que conhece os semáforos, me abandona por um instante e dá lugar a algo diferente, uma força própria, só minha. Começo a respirar mais rápido e lhe digo:

– Vovó, como se chama o remédio que você precisa? Vou conseguir para você.

– Sim, eu sei, você telefonou para eles ontem.

Fico surpreso por ela lembrar e respondo:

– Sim, sim... Vou conseguir para você.

Abro a gaveta da mesinha de cabeceira e pego a receita.

Chego à escola. Caminho rápido, como sempre. Deixo um livro cair. Milena o pega e me entrega sem olhar para mim. É óbvio que ela notou minha presença, quando ouviu o baque do caderno contra o chão. Algo de mim chegou a seu ouvido. Ainda que seja só um ruído. Um pedaço de mim está em sua cabeça.

Entro na sala. A professora começa a aula. Não consigo fazer outra coisa, além de pensar na sala dos professores.

Toca o sinal para o recreio. Todos saem para jogar futebol. Me esforço para passar despercebido e me dirijo para a sala dos professores. Se ontem acabei dormindo ali, talvez hoje aconteça o mesmo. Quero sonhar outra vez com meu pai.

No entanto, a bola vem em minha direção com tanta força que, se não me desvio, me acerta. Eu então a pego com as duas mãos e a devolvo.

Marcos me olha por um instante tão breve, que é quase imperceptível ao olho humano. Deve estar espantado por eu conseguir pegar uma bola. Eu também estou surpreso, isso só acontece em sonhos como o de ontem.

Quando eu era pequeno, e uma bola vinha em minha direção, eu tirava um papel e um lápis do bolso e traçava um plano para calcular onde iria cair. Quando terminava o desenho, a bola já tinha caído.

Talvez eu não devesse fazer plano nenhum, mas simplesmente tentar, como fiz agora.

Chego à sala dos professores. A diretora me vê, e grita:

– Pablo! O que está fazendo aí? Nessa sala só tem coisa velha.

– Bem, eu não os chamaria assim, são apenas pessoas mais velhas.

– Aí só tem vassouras que não se usam mais.

– Os professores não chegaram ainda porque vêm de ônibus.

Ela se afasta e me parece que sorri discretamente...

FINALMENTE FICO SOZINHO E posso abrir a porta da sala que já não se usa mais. Será que hoje acontecerá o mesmo que ontem? O golpe da porta que se fecha atrás de mim me faz pensar que sim. Talvez eu tenha batido a cabeça ontem e por isso imaginei tudo. Seria muita coincidência bater a cabeça duas vezes do mesmo jeito. Mas era possível. Quando eu era pequeno e descascava laranja, cortava o mesmo dedo várias vezes, até que um dia apoiei a laranja em um prato e não em meus dedos. As pessoas sempre reclamam uma ou duas vezes antes de decidir mudar de método.

Caminho no escuro e vejo uma luz tênue. Será que acabei dormindo de novo? Bati a cabeça? Não, a cabeça não está doendo, então não foi isso. Vou me beliscar... Ai! Não, acho que não estou mesmo dormindo.

Atravesso a porta da sala dos professores e já estou neste lugar tão perfeito que, de agora em diante, o chamarei de "o mundo ideal". Seja o que for, um sonho, um desmaio, ou uma dimensão desconhecida, é onde quero viver, e quem me dera ter nascido deste lado da porta. Mas, neste caso, será que teria descoberto alguma vez o outro mundo, o que não gosto? São muitas perguntas para uma manhã, é melhor aproveitar. Quem sabe quanto vai durar desta vez.

Meus colegas me pedem para jogar futebol com eles, mas Marcos não parece tão entusiasmado como ontem e me diz que a partida já começou, que volte mais tarde, para a próxima.

Acho incrível que ele consiga pronunciar mais de vinte palavras seguidas. Tem a linguagem mais fluida. Já não parece um orangotango, está em um patamar mais próximo ao do *Homo sapiens*.

Isso não acontece no meu mundo. Embora eu não saiba qual dos dois seja o meu mundo. Nem mesmo sei se estou sonhando. Não é comum sonhar a mesma coisa todos os dias. Embora no 5º ano eu sonhasse todas as noites com um cérebro enlatado.

Milena me agradece porque fui à sua festa e me diz que guardou uma fatia de bolo para mim, passando a mão em minha gravata.

– Eu prefiro que você seque a mão no meu casaco, é mais fácil de lavar – sugiro.

– Por acaso as pessoas costumam se secar em sua roupa?

– Não, só nos dias pares.

– O que você achou da minha festa? – ela pergunta, mas não espera minha resposta e vai conversar com Marcos.

Aparentemente ela não é dessas que se conformam só com uma opinião. Eu acho.

A professora me avisa que fui escolhido para substituir Marcos no campeonato intercolegial, porque ele será representante.

Representante, o Marcos? Mas como, se não consegue nem calcular o troco que recebe em uma loja! Não consegue pronunciar a palavra "interseção" sem ter convulsões! Quando nos ensinaram sujeito e predicado, ele pensou que fosse uma dupla sertaneja.

E quanto a mim no campeonato, se nunca soube chutar uma bola? Quando Saul me devolve a chave da minha casa, tem que me entregar na mão; se a joga de um metro de distância, cai no chão.

Meus pais chegam para me buscar.

– Onde está a vovó? – pergunto.

– Não se sentia bem hoje – meu pai responde.

– O que ela tem?

– Dor de cabeça.

Respiro aliviado.

– Mamãe, papai, antes de voltar para casa preciso comprar um remédio para a vovó.

– Mas, Pablo, é só uma dor de cabeça. Que remédio você quer comprar?

Mostro a receita.

– Pablo, esse remédio é para alguém com uma doença muito grave.

– Na verdade, não é para a vovó – minto. – É para outra avó.

– Avó de quem?

– Uma avó, não temos que conhecer os netos de todos.

– É óbvio que Pablo quer ajudar a alguém. Não sei a quem, mas por mim está tudo bem – diz meu pai, tirando o dinheiro da carteira.

– Esperem aqui que vou até a farmácia da esquina – eu digo.

O farmacêutico me entrega o remédio. Eu lhe passo a nota e ele me diz:

– Não, querido, guarde para comprar doces. Estes produtos são dados pelo Estado. O Ministro Caputini é um homem tão honrado e administra tão bem as contas públicas que há dinheiro para tudo. Se não, para que servem os impostos, não é? – ele ri e bate de leve em meu ombro.

Saio dali com o remédio no bolso.

Meus pais estão diante de uma loja, distraídos, olhando um móvel para a sala. Aproveito e volto correndo para a escola.

Abro a porta da sala dos professores e atravesso uma área escura, não vejo nem mesmo as minhas mãos.

De repente, a sala começa a clarear. Estou por entrar no mundo real. Começo a ver o corredor e logo depois meus colegas jogando futebol.

Não faço nada que possa chamar a atenção.

Remexo em meu bolso e tiro o frasco de remédio.

Pergunto à professora:

– Você está vendo este frasco?

– Sim – ela responde. – E você está vendo esta ficha? Muito bem, logo estará cheia de anotações se você tornar a desaparecer! Te procuramos a tarde toda!

– Você estava preocupada?

– Claro! Se te acontece algo, perco o emprego!

Bom, não importa a razão, mas ela notou minha ausência, e também o frasco! Contudo, algo mudou no interior do frasco: sua cor era marrom, mas agora está transparente. Provo um pouco com o dedo. É só água! Por isso era de graça.

As coisas que funcionam no mundo ideal não funcionam no real. É lógico. Eu sonhava com cérebros enlatados e nunca vi um assim de verdade, embora o cérebro de Marcos parecesse estar espremido em uma lata.

Talvez as coisas que sonhamos se encontrem na realidade, mas não do jeito que esperamos.

Chego em casa, estou entusiasmado porque, ainda que no frasco tenha somente água, encontrei um lugar onde, pela primeira vez, me sinto feliz.

Ligo a televisão. Elegeram um novo Ministro da Saúde, mas ele diz que não mudará nada nos hospitais, que seguirá o caminho "exemplar" de Caputini.

Sem dúvida nenhuma, agora estou no mundo real...

TOCA O DESPERTADOR E VOU VER

minha avó. Ela respira com dificuldade. Olho para o frasco cheio d'água e choro.

– Não, não – sussurra minha avó. – Não chore.

De repente a força desconhecida que me faz escovar os dentes desaparece e surge em mim outra vez essa energia própria, minha. Levanto rápido, entusiasmado.

Vou ao meu quarto e pego uma folha do caderno.

Escrevo uma carta:

Oi, meu nome é Pablo e necessito de um medicamento com urgência para minha avó. Se alguém puder colaborar, por favor, ligue para 6668-43958.

Compro um envelope. Vou até Saul, o jornaleiro, e pergunto onde fica o jornal da nossa região.

– Para quê? – ele pergunta.

– Quero que publiquem minha carta. Talvez se eu explicar que minha avó precisa de um remédio alguns vizinhos me ajudem a comprá-lo.

– Não é uma má ideia. Aqui está o endereço... Ah, quase esqueci. Outro dia veio aqui uma menina comprar uma revista sobre danças clássicas e balé. A maioria das garotas da idade dela compra revistas de bobagens e sobre moda. Por isso me surpreendi... Perguntei em que escola estudava. E parece que é uma colega sua. Se chama Milena.

– Milena? Esteve aqui?

Quer dizer que estou parado em um lugar sagrado! Estou respirando o ar que ela respirou e olhando as revistas que seus olhos viram. Agora tenho outra coisa em comum com ela.

– Acho que você gosta dela – diz Saul, me despenteando com a mão pesada. – Eu não tinha a tal revista. Por isso a encomendei especialmente. Toma. Entregue você.

– Obrigado, Saul, mas eu não tenho...

– Te dou de presente, não me deve nada.

– Vou levar, só não sei para qual dos dois...

– O que você disse? – ele pergunta, sério.

– Nada, nada. Quero dizer que não sei em qual dos dois recreios entrego para ela.

Vou ao correio e envio o envelope para o jornal. Tenho a sensação de que já estou solucionando algo. É bobagem, porque é só um envelope. Mas já é alguma coisa.

Corro para a escola, porque estou atrasado. Desta vez estou mais nervoso que de costume porque serei menos invisível: tenho que pedir permissão à professora para entrar e dar explicações por ter chegado tarde.

Tudo isso me cansa. Quem me dera se eu não precisasse falar com as pessoas, e pudesse dizer tudo por escrito, os olhares dos outros me incomodam.

É cansativo fingir o tempo todo. Sou como um ator que trabalha vinte e quatro horas por dia, o que é um abuso do produtor da peça. Não sei quem controla minha vida, mas exijo um descanso.

E o descanso está na sala dos professores.

Lembro da porta descascada, e sorrio.

– Você está rindo do quê? – pergunta a professora.

Como? Já estou em aula? Nem sequer me dei conta do caminho até aqui. É como se tivesse me desmaterializado na banca de revistas do Saul e me materializado na escola, de repente, sem nenhum trajeto anterior.

– Nada, nada – respondo. – Só estava lembrando de... uma piada.

– Uma piada? – pergunta a professora, e aí me dou conta de que ela não irá desistir e não permitirá que me sente tranquilamente em minha carteira. – Conte para nós, assim todo mundo ri.

Improviso uma piada:

– O que a lagarta perguntou para a girafa?... "Faz frio aí em cima?"

Ninguém riu. O silêncio me condena. Não sou capaz sequer de fazer alguém rir de mim.

– É que a girafa é alta – explico. – E a lagarta é baixinha.

Desencadeia-se uma risada geral e eu suspiro aliviado, a professora dá umas gargalhadas que rasgam o ar, estrondosas. Abre tanto a boca que vejo a campainha de sua garganta. Que horror, é como uma gruta! Me pergunto se os homens das cavernas se sentiam dentro de uma boca gigante.

Uma voz me tira de meus pensamentos, como se alguém fechasse uma torneira de repente.

– Que engraçado, que engraçado – diz a professora, rindo mais alto.

Não sabia que sua voz pudesse alcançar esse volume. No entanto, sua garganta não é muito larga, mas deve ter uma boa musculatura na laringe. A metade de seus dentes estão borrados de batom laranja. Um pedaço de batom se prendeu em uma de suas cáries. Como é possível se abrir tanto uma boca? Se eu fosse o dentista dela, nem usaria o espelhinho. Introduziria minha cabeça, como um domador de leões. Ela abre cada vez mais os lábios. Seu rosto já é somente uma boca. O resto é um manto que a cobre. Será que vai explodir?

Olho para os outros. Suas bocas também se movem, mas as vozes já não chegam até mim. Parece um filme mudo.

O que acharam tão engraçado? Retorno aos meus pensamentos e não me lembro do que estávamos falando. Finjo rir para ganhar tempo e me lembrar... ah, sim, a piada da girafa. Me alegro que tenham finalmente entendido. Demorou, mas, com a explicação, captaram a lógica.

Ainda bem que existe o outro mundo, o da sala dos professores. Ali não se precisa explicar nada. Todos me entendem e eu entendo a todos. Penso isso, mas seguro o riso, senão terei que contar outra piada. Ou a mesma: talvez já tenham esquecido e ririam de novo, como se ouvissem pela primeira vez.

Espero chegar o recreio. O sinal toca.

Vou à antiga sala dos professores. Levo a revista de balé. No caminho, esbarro em Milena. A revista cai e se abre como se o vento a quisesse ler.

Milena a observa.

– Como conseguiu isto? – ela pergunta, em voz baixa.

E desta vez não há dúvida: ela realmente notou minha presença, porque falou comigo. Suponho que não seja dessas que falam sozinhas. Ou seja, me considera um ser capaz de compreender palavras humanas. Agora, definitivamente, já não sou invisível para ela.

Até quero dar a ela, mas, na verdade, eu trouxe para a outra Milena, a do mundo ideal, a que me convida para o aniversário e acaricia minha gravata.

– Você poderia... me emprestar? – ela pergunta.

Sua voz entra em meu ouvido como uma onda e minha cabeça quer explodir. Esta é a Milena que nunca tinha olhado para mim. Mas agora me olha. E eu só tenho uma revista. Que dúvida.

– Você me empresta ou não? – ela pergunta.

– Não – respondo e sigo caminhando pelo corredor.

Tenho vontade de chorar. Mas me contenho. O que meus colegas do futebol, meu pai e a outra Milena vão pensar?

Sigo caminhando. A lã vermelha continua ali, na porta da antiga sala dos professores.

ESTOU PRESTES A ATRAVESSAR

a porta para o mundo ideal quando a professora me grita:

– O que está fazendo aí, Pablo?

– Ééé... estou aqui.

– Sim, disso eu sei, mas essa sala não é mais usada, você não tem nada que fazer aí, venha comigo para a sala de aula e me ajude a escrever a tarefa no quadro negro.

Olho para a revista e lhe digo:

– Professora, eu não posso.

– Como assim? É bom que tenha uma boa justificativa.

– O pó do giz me dá alergia, meu nariz chega a cair do rosto, e depois é um problema para conseguir colocar no lugar. Entende?

– Ah, é? Então vou ter que ligar para sua mãe.

– Está bem. Vou te dizer a verdade: a antiga sala dos professores não é o que parece ser. Por trás desta porta há um mundo ideal. Se você entrar aí poderá ter um salário digno, poderá viajar pelo mundo como sempre quis. Eu sei que você gostaria de ter um carro e parar de viajar pendurada nos corrimãos dos ônibus. Sei que tem um filho, que não pode morar com você porque não pode sustentá-lo. E está longe. Ouvi você dizer para outras professoras.

Ela permanece calada por uns segundos e me parece que vejo uma leve umidade em seus olhos escuros. Respira fundo e absorve todo o oxigênio como um aspirador. A seguir, abre a boca cavernosa e me diz:

– Pablito, eu tentei evitar este momento. Tolerei suas teorias sobre a melhor distância entre um rosto e outro para que duas pessoas se cumprimentem sem uma golpear a outra, mas isso já é demais, vou te levar para a psicóloga do colégio.

Não tem jeito. Terei que deixar a revista para outro momento.

A professora me acompanha ao consultório psicopedagógico.

– A doutora Rodrigues irá te orientar, querido, você necessita de ajuda profissional, vou deixá-los para que conversem.

A psicóloga aperta minha mão e aponta para a cadeira em frente à sua mesa.

– Pablito, Pablito. O que está acontecendo?

– Ninguém acredita em mim.

– Ninguém acredita em quê?

– Na sala dos professores há um mundo ideal.

– Me parece que essa sala está longe de ser um mundo ideal. A maioria dos professores tosse até cuspir as amígdalas. Tem um plano de saúde que não cobre quase nada. Eu, pelo menos, tenho... Bom, mas estávamos falando de você. Como é essa história da sala dos professores?

– Estou falando da outra, que não é mais usada.

Ela ajeita os óculos e abre um caderno de anotação.

– Continue.

– Do outro lado, acontece tudo que a gente deseja. As pessoas são as mesmas, mas se comportam como a gente gostaria.

– Então você vive em dois mundos, um caso peculiar de dupla personalidade.

– Peculiar? – pergunto, contente. – É o melhor elogio que alguém poderia me fazer, eu sempre quis ser peculiar. Este tratamento está dando resultado!

A doutora tira um hambúrguer mordido de uma embalagem e me diz, de boca cheia:

– Ninguém pode viver com duas personalidades. Qual você prefere?

– A que come.

– Você não está entendendo, Pablito. Não é isso o que importa.

– Quando a gente tem fome, sim, é o que mais importa – digo, babando diante deste sanduíche macio e apetitoso.

– Vejo que você tem muita ansiedade oral.

– Não, se tivesse, já a teria comido.

– Ahá! Você coloca a ansiedade nos hambúrgueres.

– Não, eu coloco *ketchup*.

– Olha, Pablito – ela limpa a boca com um guardanapo minúsculo que consegue apenas tirar o seu batom. – Venha me ver depois da aula, duas vezes por semana, seu caso é muito grave.

SAIO DESCONCERTADO. OLHO A

revista e me lembro de que acabei não a entregando à Milena ideal.

Corro para a sala dos professores. Atravesso o espaço escuro e entro no mundo ideal.

Meus colegas estão prontos para jogar. Peço que me esperem cinco minutos. Eles aceitam. Sinto um estranho comichão. Nunca em minha vida haviam esperado por mim. Eu sempre corro atrás das coisas. Atrás da minha mãe, quando esquece de me reservar a passagem para visitá-la. Atrás do remédio da minha avó, atrás dos ônibus.

Mas agora alguém me diz:

– Vai lá. Volta em cinco...?

Cinco minutos. É uma eternidade. Quanta paciência terão comigo neste mundo? Irei verificar. É uma experiência interessante. Pego um papel e um lápis no bolso. Não me movo. Não digo nada. Só quero testar qual é o tempo máximo de espera no meu mundo ideal. Os garotos olham para mim, um deles sorri. Passam vinte minutos e continuo ali parado.

O que estava com a bola pergunta:

– Desculpe, mas, falta muito?

– Para quê?

– Você não ia jogar?

Uns garotos enormes do 9º ano se aproximam, com cara de poucos amigos, e compreendo que a paciência terminou junto com o tempo de espera.

Olho o relógio. Anoto: "21 minutos e 20 segundos". Neste mundo, é este o tempo de paciência que têm comigo antes de me baterem. No mundo real, eu nem sequer teria chegado a tirar o lápis do bolso. É uma boa diferença.

– Joguem sem mim – respondo e vou embora.

Sigo caminhando. Encontro as amigas de Milena. Ia perguntar por ela, mas logo penso: "Este é o meu mundo ideal. Quer dizer que se cumprimento todas com um beijo, não irão reclamar". Eu então as beijo.

Uma delas me diz:

– Me beijou duas vezes.

– Desculpa, pensei que fossem gêmeas.

Enquanto estou beijando a última menina, vejo sua orelha. Me pergunto se está ouvindo o som do beijo. E, neste caso, ouve com o ouvido ou com os ossos do rosto? E que pinta é essa embaixo do olho? Será que sabe que a tem?

Eu a solto logo. Não estou feliz. Me dou conta de que não me interessa beijar outras meninas. Eu quero beijar a Milena. Por que não dá no mesmo? O que faz com que eu goste mais de uma pessoa do que das outras?

Todas têm um coração, um cérebro, um nariz. Li muitos livros sobre o cérebro, e ainda assim só sei explicar isso. Por que gosto mais de uma pessoa do que de outra?

Vou procurar Milena. Necessito vê-la.

ENTRO EM SALA. ELA ALISA A
gravata de Marcos, como fez comigo ontem. Estou sobrando. Mas este não era o mundo ideal? Aqui não deveria ocorrer somente as coisas que eu desejo? Tem alguma coisa errada. Eu não desejei que ela estivesse com ele.

Estão sentados muito próximos.

– Estão desperdiçando espaço – digo a eles, mas não me dão atenção.

Eu me aproximo deles. Se aqui acontece tudo o que quero, ela irá se levantar e virá comigo, quando me ver.

Tusso forte para que ela note minha presença.

– Não vai me socorrer? Tenho uma obstrução respiratória nas vias superiores. Cof, cof.

Ela me atira um lenço sem olhar para mim. O lenço cai em minha frente e não vejo nada. Tropeço em um banco e minha cabeça fica presa entre duas carteiras.

– Podem me ajudar? – imploro.

– Sim, já vamos – responde Marcos. – Espere aí que, em dez minutos, terminamos esta conta.

– Em dez minutos minha cabeça será esmagada! – grito.

– Agora não posso – Marcos explica. – Se interrompo a operação pela metade, os números irão fugir da minha cabeça.

– Sua cabeça é uma peneira?

Se eu tivesse lhe dito isso no mundo real, já estaria na enfermaria da escola, mas neste mundo digo o que penso sem problemas. Além disso, o Marcos daqui é muito refinado. Usa palavras como "solucionar", "operação". Parecia ter engolido um dicionário. No outro mundo, a única "operação" que ele conhece é a de apendicite.

Finalmente, eles se aproximam para me ajudar. Marcos me puxa pela cabeça e Milena pelos pés. Até que ela fica com meu sapato na mão. Me levanto. Milena me olha com muita ternura. Agora quero que ela me beije, e vai ser assim...

Fecho os olhos, e ela sussurra:

– Sua meia está furada.

Eu não desejei que ela me dissesse isso, algo muito estranho está acontecendo.

– Preciso de agulha e linha. Se você conseguir, eu costuro a meia.

Fico entusiasmado com a possibilidade de ela costurar minha roupa, me sinto como um homem do século passado, cuja mulher conserta suas roupas em vez de mandar para uma costureira.

Mas... linha e agulha? Não sei onde conseguir essas coisas. Em que tipo de loja se compram as linhas? Pizza se compra na pizzaria, pão na padaria, mas linha, não sei. Nunca comprei linha.

Vou perguntar, mas fico com a palavra na boca.

Milena e Marcos saem sem olhar para mim.

Me arrependo de não ter dado a revista de presente para a outra Milena, a verdadeira.

Atravesso a porta da sala dos professores e retorno ao mundo real.

Procuro pela Milena real. Está rodeada de meninas, mas pela primeira vez não me importo de interromper. Apareço com uma orelha destruída, um sapato a menos e uma meia rasgada. Não me importo. Mesmo assim me aproximo:

– Milena, pegue a revista, é para você.

Ela sorri e a pega devagar como se fosse uma troca de reféns. Abro a mão enquanto ela fecha a dela. Estou realizando movimentos coordenados no mundo real? Como é possível? Se nunca cumprimento ninguém com um beijo porque sou incapaz de medir a distância entre minha cabeça e a das outras pessoas...

Saio da escola e vou encontrar Saul. É o único que pode compartilhar da minha alegria. Tenho que contar a alguém, porque senão é como se não tivesse acontecido. E se eu esquecer amanhã? Não posso ser a única testemunha. Necessito que outra pessoa guarde minha história em sua memória para acreditar que realmente aconteceu. As coisas acontecem somente quando são nomeadas.

– Saul! – grito da esquina, empolgado. – Dei a revista para ela!

– Para qual das duas?

Fico em choque. De repente, respirar não me parece algo natural, mas algo que alguém decide fazer.

Então Saul sabia... Mas como? Desde quando?

Chega um cliente para comprar umas revistas, e logo se forma uma fila.

Saul está muito ocupado, então deixo a conversa para outra hora.

Em casa encontro uma mensagem na secretária eletrônica:

"Somos seus vizinhos. Lemos sua carta no jornal e arrecadamos fundos para sua avó. Fizemos rifas. Ainda não é o suficiente, mas já é alguma coisa".

Largo meu corpo na poltrona. Não consigo acreditar. Corro até o quarto de minha avó.

– Vovó! Não vai demorar para conseguirmos o remédio! – grito para ela.

Ela me olha, mas seu sorriso para na metade do caminho.

NO DIA SEGUINTE RECEBO UMA

carta de Roberto, o marido da minha mãe:

> Querido Pablito,
>
> Sua mãe me pediu que te escrevesse para te convidar para as férias de inverno.
>
> Te envio a passagem por aqui (ou seja, no envelope). Nós sempre te esperamos de braços abertos, embora desta vez eu esteja com uma torção e não sei se poderei abri-los o suficiente.
>
> De qualquer forma, você poderá me abraçar.

Mas não se sinta obrigado a vir, não o faça por obrigação. Entenderemos perfeitamente se você não puder vir.

Você sabe que respeito muito a liberdade de cada um.

Provavelmente você não poderá vir, então te peço que leve a passagem até a estação rodoviária, na cidade, para que te devolvam o dinheiro. São $54,60, não precisa nos enviar tudo de volta.

Bom, nos veremos no próximo ano.

Afetuosamente,

Roberto

Não, não é preciso que nos devolva tudo, é claro que posso ficar com os 60 centavos.

E, afinal, ele está me convidando ou desconvidando?

Eu não vou! – penso, mas depois me lembro da mamãe e da cara do Roberto quando tem que colocar minhas fotos na prateleira da sala de jantar, e não posso perder isso. Não vou lhe dar esse gosto.

Peço a Saul que passe todos os dias em casa e dê comida e água para minha avó, e preparo minha mochila.

Estou contente e não sei bem por quê... Talvez porque desta vez mamãe não se esqueceu de me comprar a passagem.

Dois dias depois vou para a rodoviária.

Sigo viagem. Sinto um pouco de culpa por não saber o nome do bebê, mas no final das contas ele também não sabe o meu. Na verdade, já não é tão bebê, deve ter uns 2 anos.

Chego à rodoviária. Estão me esperando. Roberto sorri tão rígido que o empurro levemente para ter certeza de que não seja um pôster de papelão.

– O que está fazendo? O que é isso? – ele pergunta.

O bebê interrompe com um choro que desafia a resistência dos vidros da estação. Depois olha para mim e diz:

– Pabo.

Não consigo acreditar que ele disse meu nome. E, de repente, eu tenho um irmão...

Eu o levanto.

– Devagar! – Roberto resmunga. – Não é um boneco.

– É a primeira vez que Martin pronuncia o nome do irmão – diz mamãe.

– Meio-irmão – completa Roberto.

– Sim – repito. – Sou meio; minha outra metade chegará por encomenda em alguns dias.

Ninguém disse nada. Subimos na caminhonete.

Chegamos em casa.

As fotos já estão na prateleira.

– Falta uma... – murmuro.

– Como assim, falta uma? Estão todas aí.

– Falta a foto de papai com Saul! – o interrompo.

– Saul? Querida, pode traduzir o que seu filho está dizendo?

– Que quero a foto do meu pai! – grito.

– O que está acontecendo com esse garoto? Este tom de voz eu ainda não conhecia, parece estar sendo dublado.

Eu nunca tinha gritado com Roberto e me calei de repente, torcendo para que as palavras voltassem para a minha boca, mas já estavam soltas no ar e não dava para pegá-las.

– Saul é o jornaleiro – disse mamãe, suavemente. – Um velho amigo que estudou comigo e com...

– Está bem, eu já sei, não me lembre.

– Onde está a foto? – mamãe pergunta.

– Usei para anotar um número de telefone, mas não se preocupe, escrevi só na parte de trás.

Mamãe tira o sobretudo e posso ver seu suéter vermelho. É um vermelho muito especial, eu vi essa lã na... Na porta da sala dos professores!

A PORTA DA COZINHA SE ABRE E

o chiado interrompe meus pensamentos. Roberto traz uma travessa fumegante de macarrão cabelo de anjo. A aparência é boa. O pote de queijo ralado passa de mão em mão até chegar a mim. Pego a colherinha e Roberto a arranca da minha mão:

– Todo mundo já colocou queijo no macarrão, não? Então, vou levar o pote para a cozinha.

– Pabo, Pabo... – diz Martin.

– Pabo paspalho – Roberto ri.

Me levanto, irritado.

– Que é isso! Era brincadeira – murmura Roberto.

Ele está se desculpando? Desde quando se importa que eu me ofenda? Talvez desde que demonstrei que posso me ofender... Devia ter me irritado antes, há muito tempo.

Subo para meu quarto, no sótão. Tento dormir, mas ouço uma discussão entre minha mãe e Roberto. Não entendo bem o que dizem, mas me alegro de que mamãe não se cale mais. A coitadinha finalmente acordou.

Procuro um livro na biblioteca do sótão. Só encontro livros do Roberto: "Sou um ser especial" ou "O mundo e eu, uma relação apaixonante, para o mundo".

De repente um livro cai no chão e se abre ao meio. Dentro há uma foto antiga. Mamãe, papai e Saul, quando jovens. Por trás se vê uma porta com uma placa que me parece familiar: "Sala dos Professores".

Desço para o café da manhã.

Roberto me preparou umas torradas; desta vez não tira o prato, como fez ontem com o pote de queijo ralado, e me trata com mais gentileza.

– Roberto – murmuro.

– Acho que ouvi um zumbido – ele diz, sacudindo o mata-moscas.

– Não, Roberto. Sou eu que estou falando, queria te agradecer pelas torradas.

– Pelas torradas e pelo gás que usei para esquentá-las, você sabe que aqui usamos gás...

– Quero te fazer uma pergunta. Meus pais estudaram na mesma escola que eu?

– Acho que sim, não há muitas naquele bairro.

– Mamãe nunca te falou da sala dos professores?

Roberto solta o bule, que cai e se despedaça.

– POR QUE NÃO VAI VER SE MARTIN

já acordou? – pergunta Roberto, enquanto me empurra em direção aos quartos. – Anda, anda... assim ele te chama de Pabo de novo, como você gosta...

Não lhe dou atenção e o ajudo a recolher os pedaços de porcelana.

Mamãe desce para o café usando o suéter vermelho.

– Esse suéter se enganchou em algum lugar? – pergunto. – Está desmanchando em um canto.

– Pode ser, não é de muito boa qualidade...

– O que quer dizer? – Roberto a repreende. – Que eu não te compro roupa o suficiente? O que ganho como ator não chega? Por acaso vivia melhor antes? Eu sou um marido de verdade e não um inventado, como outros por aí...

Começam uma discussão.

Não sei se prefiro isto ou a mãe submissa de antes, que evitava enfrentá-lo.

Não, não, na verdade prefiro uma rebelião incômoda a uma paz cômoda, mesmo que precise ouvir gritos.

À tarde vamos ver Roberto no teatro. Uma apresentação.

Desta vez não vou acordar Martin no meio da peça.

Nos sentamos na primeira fila.

Faz trinta minutos que a apresentação começou e eu digo à minha mãe:

– Vou ao banheiro.

A peça termina, e Roberto me olha estranho.

– Você fez de novo – ele resmunga.

– O quê? Fiz o quê?

– Disse a minha fala.

– Não, eu disse para minha mãe: "Vou ao banheiro".

– Era o que eu tinha que dizer naquele momento! – grita Roberto.

– Falei baixinho. Além do mais... Como pode dizer "Vou ao banheiro" depois de assassinar o duque? Ninguém vai ao banheiro depois de matar outra pessoa.

– Muito bem, Shakespeare. Vai me dar aulas de roteiro? Eu escrevi esta peça!

– Certo, certo – mamãe intervém. – Não é o momento de discussões, mas de comemorar. A peça foi um sucesso.

Roberto sorri repentinamente, como um monstro que tivesse sido chacoalhado.

Ele e eu nos cumprimentamos com um beijo e depois limpamos o rosto com a mão. Nos olhamos e rimos. É a primeira vez que rimos da mesma coisa.

CHEGA O DIA DA MINHA PARTIDA

para a cidade. Sei que Roberto vai guardar minhas fotos. Dou uma volta e o surpreendo em flagrante guardando-as em uma caixa. Tenho a impressão de que ele me olha de soslaio por um instante, mas não tenho certeza. No entanto, quando saio, vejo pela janela que ele as coloca de volta na prateleira.

Mamãe dirige a caminhonete e me leva para a rodoviária. Está muito calada.

– Quero te perguntar algumas coisas sobre a escola que você estudou, quando era pequena...

– Outro dia, Pablito. Se organize, que o ônibus já vai sair. Nos vemos em breve – ela diz, chorando, e me dá de presente um boneco de pano enorme, que ela mesma fez. Não percebe que cresci. Mas fico feliz por ter pensado em mim.

Durmo a viagem toda.

Acordo na rodoviária da cidade.

Pego um micro-ônibus com a mochila e o boneco.

– São duas passagens – diz o motorista.

– A psicóloga da escola me disse que tenho dupla personalidade, mas não me disse que as duas pagam passagem.

– Falo do seu amigo, que ocupa um assento e tem que pagar.

– Não é meu amigo – digo, entre risos.

– Estão brigados?

– É um boneco!

– Está bem, mas o leve no colo, tá? Deixe o outro assento livre para os passageiros.

Chego em casa. Dou um beijo em minha avó, que está dormindo, e vou para a cama.

Toca o despertador e me levanto animado. Por vontade própria. Escovo os dentes enquanto canto uma música e saio para a escola.

O sinal do recreio toca e sigo para a sala dos professores.

De repente me detenho antes de entrar: vejo que a porta da sala dos professores se abre. Marcos sai dali...

– MARCOS! VOCÊ ESTEVE NO mundo ideal! Estava procurando a Milena, não é?

– Sim, sim... Como é que você o chama? ..."mundo ideal"? Parece que você andou lendo muito *Aladim e a lâmpada maravilhosa.*

– E você parece que andou lendo o manual do imbecil – digo, me arrependendo em seguida.

Como tive coragem de dizer isso? Agora ele vai quebrar todos os meus ossos. Vai enlatar meu cérebro e vender! E o pior é que ninguém vai querer comprá-lo. Por isso que eu sempre sonhava com cérebros enlatados. Era uma premonição. Além disso, eu falei a palavra "imbecil". É a primeira vez que digo uma palavra feia. No entanto, me sinto bem e até queria dizer de novo, mas...

– Me parece que hoje você "receberá algo..." – me diz Marcos, muito sério.

– Tomara! Assim posso comprar o remédio da... Mas o que te importa, se não te falta nada? Seus pais estão juntos, compram tudo o que você precisa, você joga futebol, tem amigos. Eu me contentaria se as pessoas parassem de me cuspir e secar as mãos na minha roupa.

– Você está me provocando... Mas tudo bem. Desta vez não vou sujar as mãos.

– Ah, trouxe luvas de borracha?

– Está se fazendo de engraçadinho? – ele se aproxima mais um pouco. – Você é um despeitado, gente como você acredita que todos te devem algo.

– Vejo que você aprendeu alguns verbos simples no mundo ideal, como ser e fazer. Sabe conjugá-los em todos os tempos?

– E você aprendeu a fazer piruetas com a bola, perna de pau! – ele ri sem vontade.

– Por isso que no mundo ideal Milena ia atrás de você, e se cumpria o seu desejo em vez do meu... E você também queria ser bom em Matemática, não é? Mas para quê? No mundo real não é preciso ser bom em Matemática. Se você se veste com roupas da moda e joga bem futebol, consegue tudo o que quer.

– Passar de ano, não. Muito menos chegar em casa com uma nota ruim e meu pai não me bater.

– O quê? Teu pai te bate quando você tira uma nota ruim?

– Sim, e se você contar para alguém eu te mato – me ameaça e sai caminhando com passos largos...

Fico um tempo parado diante da porta da sala dos professores.

Ela logo se abre novamente! E Milena sai dali...

– MILENA! VOCÊ TAMBÉM ESTEVE

no mundo ideal?

– É... sim, por favor não conte a ninguém, eu...

– Pensei que eu tivesse descoberto um lugar secreto... e agora parece um banheiro público! – reclamo – Só faltam as pichações.

– Na verdade, não...

– Sim. Já sei que você foi procurar o Marcos. Ele também.

– O Marcos foi procurar o Marcos?

– Não, Milena! Ele estava procurando por você!

Seus olhos se perdem em um ponto da parede, e ela logo me explica:

– Na verdade, fui ali porque queria ser bailarina. Não comecei a estudar dança quando era pequena e já não me aceitam no Balé Nacional.

– Se conseguir ficar na ponta dos pés e dar uns giros sem enjoar, poderá dançar, nem que seja em uma escola de dança.

– Não! É o Balé Nacional ou nada!

– Prefere não dançar nunca mais? Por quanto tempo mais virá à sala dos professores?

Milena se afasta rápido, irritada. Alguma coisa cai de seu bolso. Corro para pegar, é a revista de balé.

– Obrigada – ela me diz. Uma lágrima rola por sua bochecha tão lentamente que quase não se nota o movimento.

Ela se afasta. A saia rodada flutua na curva do corredor como a última página de um livro que se fecha.

Estou tão triste que nem sequer posso chorar.

Abro a porta da sala dos professores.

Entro no mundo ideal.

Meus colegas me convidam para jogar futebol. Não tenho vontade. Aqui posso ser o melhor jogador, mas já não tem graça.

Papai vem me buscar.

– Vamos, Pablito.

– Na verdade... vim me despedir, papai, logo entrarei no curso preparatório. Eu vivo em outro mundo, em um real, não sei se irá me entender. Talvez te pareça uma loucura.

– Não. Eu conheço o mundo real.

– SUA MÃE, SAUL E EU ESTUDÁ-
vamos nesta escola – ele me explica com a voz falhando. – Conhecíamos a sala dos professores. Entrávamos e saíamos quando queríamos. Mas, quando fiquei adulto, voltei aqui um dia e decidi ficar para sempre. Aqui não sou um apostador, e trabalho como engenheiro. Se ficasse no mundo real, acabaríamos tendo de vender até a casa da sua avó.

– Mamãe sabe?

– Sim, um dia veio me resgatar. Estava linda com aquele suéter vermelho. Implorei para que ficasse aqui comigo, no mundo ideal, mas ela se negou a viver em um lugar fictício. Disse que preferia a pior verdade do que a melhor mentira. Com o tempo, cansou de me esperar e voltou para me contar que casara com Roberto. Não sabíamos como explicar para tua avó e fingimos o meu enterro. Saul nos ajudou. Roberto sabe de tudo. Tenha paciência com ele. É uma boa pessoa. Não ganha muito dinheiro como ator, mas está economizando para que você possa ir morar com eles. Foi o que sua mãe impôs como condição para se casarem. Até agora não podiam te manter, a maioria dos atores não ganha muito dinheiro. Muito em breve irão te convidar para viver com eles.

– Quero ficar com você, não me importa o que você seja.

– Você tem que construir uma vida de verdade.

– Está bem... mas virei sempre te ver.

– Não. A diretora conhece esta porta e...

– A diretora? – eu o interrompo. – Foi ela que me mandou ir à sala dos professores na primeira vez!

– Sim. Ela achou que você precisava.

Ficamos muito tempo em silêncio. Não sei quanto. Dessa vez não contei os minutos, nem os segundos. Nem sequer me lembro como se soma. Já não sei de mais nada. Estou confuso.

– Papai, como você faz para não acordar no mundo real quando o despertador toca? Isso me aconteceu uma vez.

– Eu não uso despertador. No dia em que você dormiu aqui coloquei tampões nos ouvidos para não escutar...

Eu rio, e por um momento me esqueço do que está acontecendo.

Parece um diálogo normal entre um pai e um filho, num dia qualquer, no bairro, sobre coisas sem importância.

Faço de conta que sempre caminhei despreocupadamente com ele, conversando bobagens, com a certeza de que sobrava tempo.

Me imagino num domingo qualquer, ele e eu, assistindo TV e uma brisa entra pela janela, trazendo o silêncio da rua. O jornal manchado de café e minha tarefa pela metade sobre a mesa da cozinha. Parece até que minha infância foi assim.

– Pablo, não volte mais – ele diz, de repente.

Suas palavras me arrancam do bairro, do caminho, do jogo de bola na rua, do domingo que entra pela janela.

Não gosto do que ele diz, mas balanço a cabeça e me afasto, caminhando para trás. Papai é um gigante que assopra, e eu me afasto pelos ares como um balão de gás. O vejo cada vez menor.

Paro por alguns segundos e... volto correndo para abraçá-lo. Papai fica gigante de novo. Apoio minha cabeça em seu peito e ele me abraça forte. Nos separamos pouco a pouco. Me vejo através de seus olhos molhados e me lembro da foto na qual ele me carrega nos braços. Agora parto definitivamente e já não olho para trás.

Abro a porta da sala dos professores e chego ao mundo real.

Mamãe e a diretora estão me esperando, pálidas como fantasmas.

Minha mãe me abraça forte.

– A diretora estava muito preocupada e mandou me chamar. Vim de avião. Tínhamos medo de que você cometesse o mesmo erro de seu pai.

– Apostar em "tudo ou nada"? – pergunto, rindo e chorando ao mesmo tempo.

– Não – diz mamãe. – Ele ficou apenas com os sonhos, e isso é tão perigoso quanto não tê-los.

Mamãe me entrega uma passagem para que eu vá para o Sul no próximo verão. Ela me abraça.

– Hoje mesmo volto para casa – me diz, com tom de desculpa.

– Tão rápido? – pergunto, e me dou conta de que está mais bonita, cortou o cabelo e está com os cílios mais compridos.

– Sim, eu prometi a Roberto e a Martin. Você não faz ideia do quanto ele sente sua falta. Diz o seu nome todos

os dias. Nos veremos em algumas semanas, Pablito. Compramos uma piscina de lona. Você vai ver o quanto vamos nos divertir.

VÁRIAS SEMANAS SE PASSAM E

não visito mais a sala dos professores. Prometi ao meu pai que não voltaria, e cada vez penso menos nisso. Não contei a ninguém. Nem sequer ao Saul.

Nas terças e quintas vou à casa de Marcos e o ajudo com a Matemática.

No início eu não queria, mas ele me persuadiu usando a razão: uma foto minha atravessada por um canivete me convenceu.

Pouco a pouco, ele começa a melhorar as notas.

Me tornei útil. Ele precisa me manter em boas condições, então ordena aos amigos que cuspam em uma lata de lixo e não no meu olho esquerdo. A princípio, alguns me cuspiram no olho direito. Até que Marcos lhes explicou que dava no mesmo.

Ele os está civilizando aos poucos, formou uma espécie de grupo de autoajuda para salvá-los. Mas para alguns é mais difícil. A reabilitação leva tempo.

De vez em quando se reúnem, e um deles diz: "Me chamo fulano de tal e faz seis meses que peço um lápis emprestado em vez de bater no seu dono e tomá-lo para mim". Todos o aplaudem.

Outro amigo de Marcos aprendeu a dizer "por favor". Travou um pouco nas últimas consoantes, mas conseguiu pronunciar a palavra.

Finalmente, hoje é o último dia de aula.

Chego à escola cantarolando uma canção.

Marcos e Milena me cumprimentam e seguem para a sala de mãos dadas. Ele volta e me diz:

– Sábado é o meu aniversário, te esperamos lá, "perna de pau".

– Sim, não falte! – grita Milena, exibindo suas sapatilhas de balé.

Me deram atenção! A última vez que alguém me deu atenção foi quando eu disse a um ascensorista: "Para o segundo andar, por favor".

Durante o recreio não fico na sala, mas também não jogo futebol, realmente não me interessa.

Me recosto em uma parede do pátio. Uma colega do 9º ano se aproxima.

– Nunca tinha te visto – ela diz.

– É a primeira vez que saio para o recreio.

– Você percebeu que o mastro da bandeira está inclinado quinze graus em relação ao eixo perpendicular da parede? – ela pergunta, coçando a cabeça. – A que velocidade o vento teria que soprar para derrubá-lo?

Eu sorrio. Pressinto que seremos ótimos amigos, mesmo depois de terminar os estudos.

Vou à antiga sala dos professores.

Só quero abrir a porta uma última vez.

Entro, a sala está na penumbra, há escovões, vassouras e trapos. Abro caminho, desesperado. Não demora e meus dedos tocam em algo duro. No fundo só há uma parede...

PROCURO MARCOS E MILENA E

lhes conto o que aconteceu:

— Atrás da porta só tem coisas velhas!

Eles me olham.

— Marcos, você passou de ano! — interrompe a diretora, que chega correndo com um bilhete na mão.

Olho para a diretora e comento:

— Não vejo mais o mundo ideal na sala dos...

— Se não o vê é porque já não necessita dele — me responde tão rápido e baixo, que só eu escuto, e em seguida volta a conversar com Marcos sobre suas notas.

— Vamos, Marcos, que teremos uma reunião com teus pais para dar a boa notícia — ela diz.

Caminho lentamente até a sala e de repente me lembro das palavras: "Já não necessita", começo a dar passos mais rápidos e sorrio, aliviado.

À tarde chego em casa.

Encontro uma mensagem na secretária eletrônica:

"Pablo. Nós, os seus vizinhos, não conseguimos juntar o dinheiro para o remédio de sua avó. Por isso planejamos uma passeata para hoje, em frente ao Ministério da Saúde, para que nos ouçam, já somos muitos os que não podemos comprar remédios...".

Ligo a televisão.

Vejo muitas pessoas com cartazes. Alguns manifestantes reúnem-se com o ministro.

Um senhor fala ao microfone:

– Queremos remédios gratuitos nos hospitais, é para isso que pagamos impostos. Há um menino, por exemplo, que não pode comprar um remédio para sua avó. Teve que enviar uma carta ao jornal, por sorte alguns vizinhos leram e...

Meu telefone toca. É um vizinho. Ouço o que ele tem a dizer e depois deixo o aparelho cair. Vou ao quarto da minha avó e sussurro:

– Vovó, conseguimos o remédio, amanhã vou ao hospital buscar.

– Até que enfim – ela suspira, com uma pequena baforada de ar.

– Vou levar seu copo, vó, que já está meio vazio.

– Deixe aí, Pablito, que está meio cheio...